歌集

# 午後四時の蟬

竹内文子

砂子屋書房

＊目次

二〇〇九年～二〇一三年

装本・倉本　修

歌集　午後四時の蟬

# フランスの水

ほらは吹く嘘はつくとふ秋の夜はほんにをとこの背のうつくし

皇帝《ツアー》のため乾杯のたび破《わ》られたるグラスのやうな生き様ありし

マロニエの散るを手に享けプラハにはもはやかつての春は来ぬらむ

どの豚の死顔みんな笑つてる調和のうちに死ぬにあらずや

水晶のやうな陽の射すほがらかな朝の卓にはフランスの水

○

ちはやぶる秋の天使が降りて来る梯子をかけたままの林檎樹

ぬけたしと思ひしことの過ぎたれど昏き森見ゆ父の死ののち

○

朝庭を掃けば木木らの匂ひして冬のこゑとぞ思ひをりけり

あさあさは目白四十雀群なせど夕べの鳩は静かなりけり

七ケタの郵便番号探す間に家内深く陽は入りにけり

白富士の条は裾よりあつまりて神の手により剣ヶ峰へと

## 信濃路

さみどりは長寿長寿と押し迫り「あんたら百年わたしら千年」

要介護高齢老女は待つてゐる森の奥処に赤づきんちやんを

女には三幕ものの人生劇　かつては蝗の煮付け食べてた

十九世紀かの革命ははるかなれど男の本音は螢火のごとし

わが夫は老年デビューを達成し白鷺も烏も城は城といふ

諏訪富士も八つも見えねば水無月の塩尻へ行かむと言へり

追分ゆ浅間は見えねどひさかたの老天使ならゐると思ふよ

経済は活性もせずみすずかる美ヶ原の稜線のやう

孫のため弁当つくり築かむか祖母力といふ最後の砦

ままごとの母さん役はだれもゐづペットになりたい子らばかりとふ

願はくばp.p.k.p.k おひとりさまでゆかむとしても

何事も待てぬ性ゆゑをとこにはゲーテのやうに Warte Nur と
これしきはなんのなんのとわが顔の皺にすりこむナイトクリーム

○

セシウムやシーベルトとふ音韻は以後の世界にふかく刺さらむ

想定内と思ふてみても百均の鋏はそろそろ切れなくなりぬ

恐竜の尻尾にすがり泳ぎたるをのこの雲は崩れゆきたり

東京と三河の蟬では鳴き方がたしかに違ふと幼が言へり

まえぶれの風が嵐となるころはフラメンコの曲が実によく合ふ

阿波といふやさしきひびきの国なれば嵐のあとのあはあはとして

阿波の国は蓮根畑と芋畑　紀野恵さんいかにしをらむ

虫めがね

子らが昨日《きぞ》遊びし青の風船が地を這ひてみる秋ただなかに

ポケットに入れたキッスのチョコレートもう溶けはせぬ真昼鳴く虫

秋風はただ吹くのみに　かつてありし「尋ね人」なるラジオ番組

ばりばりのレトロで言はむ「パーマ屋へパーマネントをかけに行くのよ。」

虫めがねで見られゐるのもわからない　虫よ　わたしも空に見られて

秋のダリア

惑星の惑へるままに終りけりプラハの国際天文学会

核カードの切り札きられし映像にお懐かしきや江畑謙介

コペルニクス、アルキメデスやヘラクレス月の海山に棲んでる人ら

四苦八苦・生・老・病・死・愛別離・求《ぐ》不《ふ》徳《とく》怨《おん》憎《ぞう》会《へ》・五《ご》蘊《おん》盛《じやう》なり

高きよりまず礼《ゐや》をして揺れ初める濃きくれなゐの秋のダリアは

○

王侯が薔薇を踏みつけたとしてもドイツの歴史は変はらなかつた

ビスマルク　ヒトラーいづれ悪とふがわからぬでもない保障の歴史

ライ麦がさはとさやげどベルリンの夏の最後の日の静けさは

遅れまい遅れまいとぞ来しドイツかつての東懐かしみつつ

ながーい鼻毛見せてるをとこゲリラ的笑ひで笑ふげらげら笑ふ

凩

夕刊は自殺列島とふ見出し凩いちばん吹く東京に

何とでもおつしやいなどと言つてゐる医院待合室の黄の熱帯魚

銭湯の壁画の富士のやうなものどこにでもある毒殺説は

哲学的猿の親分霞立つ岩場に坐して空見上げをり

霜月を西へと走る「ひかり」号鈎瓶落しの陽を追ひかけて

## 咲季

梅檀や南京黄櫨の実がしまる体調のやや不揃ひのころ

ぴかぴかとかぴかぴかぴをくり返しつつ咲季の鼻水とめどもあらず

ほんのすこうし雨が降つたね。　きさらぎのカーテン開けて見る咲季の梅

まな板を打つ音聴こゆる冬の昼　むかしのかあさんまだゐるんだね

日曜版ずずいと読みてきはまりは数独の升にうつちやられけり

# 水槽

プレートの皺より成りて火のやうな国境がある知床国後

バグダッドのサイレンすでに聴き慣れてきさらぎ尽の昼餉食みをり

水底ゆ上りて光をまとひたる大き水泡《みなわ》は消えゆきにけり

水槽に上りて消ゆる水泡《みなわ》とも苦しき日々は遠のかむとす

きさらぎの分厚き雲をしたがへて絶対君主のやうな落日

エイリアン

出迎へは頭部百体冬陽射す美容師専門学校の教室

君たちは私にとつてエイリアン　ニート星から来しならむとも

重箱を知らぬ若きら新年の正餐のためのオセチ箱と言ふ

マネキンの頭部おかれし美容室真夜はまばたきするとふはなし

珈琲はすこうし薄目のアメリカン　ひとり歩きのもはらアメリカン

# 野火

北窓に寄りて思ひぬ旅に出ですこうし迷子になつてみること

まだ春の匂ひはしない。ふりしぼり立てよ煙突電信柱

はたして地が天とそのままに繫がつてゐると思はねど春の野火見ゆ

極楽も地獄もどつちつかずの身才太郎畑《さいたらばたけ》に鋤ふるわたし

うすべにの水脈《みを》ひく春の神田川生ある枝ゆはららぎやまず

## 麻疹

若者の麻疹前線昨日《きぞ》一人今日は二人とわが町を占む

清潔の繭《まゆ》につつまれ育ちたる若者ゆゑに麻疹よろこぶ

日本中枇杷がたわわに実るころ西東《にしひがし》より麻疹たどり来

いひわけはすべての嘘の始まりと思ひて見上ぐ両手を腰に

胡蝶蘭はひと日ひと花萎れけりわが細胞のゴルジ体また

# 皺眉筋

ふるさとの海に揺れゐる三角帆アヴェ・マリス・ステラ《讃へよ。海の星》真昼の星よ

シャーウッドの森のやうなる信濃路に人にはあらぬ自然死の木々

折も折とてあなうれし　万緑のせめぎあふ森に踏み入るるとき
ハイヒールをヒステリックに鳴らしゆく積乱雲のごときをみなら

# 風林火山

背後より風のごとくに討つべしと思ひしときにゴキブリ失せぬ

討つべきはむし暑き夜の丑三つの林のごとく静かなるとき

蠅叩きでは侵略すること火のごとくなどとは言へぬゴキブリ退治

動かざる山のごとくの意志もちてゴキブリしかと討たねばならぬ

ひきこもりのゴキブリなんてをりません。ホイホイと「家」には入つて来ません。

一兵を見れば背後に百匹のゴキブリ兵が出陣待つとふ

## 西安

蛇行する黄の大河を眼下にし　でもまあ西安の大気汚染は

長安とふ都慕ひて来しからに蟬のこゑごゑ仲麻呂のこゑ

あまの原ふりさけ見れどふるさとの月はいかにと唐に死すとは

敦煌のお茶もジュースも色つきの水と思へばさはさはと飲む

美術館出づれば今年はじめてのつくつくのこゑ深き森より

ジャンクメール

奇つ怪な花々好む家なれば凌霄花の蔦覆ひけり

失敗とふ煉瓦かさねて築きたる塀を諾ひ今にいたりぬ

今夜最後の仕事とし薔薇色のジャンクメールを削除してをり

ロミオとかレオナルドとか時折は開けてみたいがやめとこ　やめろ

便宜性さることながら朝さらず夕さらず消すジャンクメールを

よろしき

八の字に額にきざむ皺眉筋　午後の紅茶は濃きがよろしき

猫なればねずみとるのがよろしきとかつて鄧氏が言ひたりしこと

進歩なしさりとて退歩なきひと日夕凪どきは喘いでゐたり

右側を追ひこす人もなき真昼エスカレーターは熱気をはこぶ

プーさんの風船浮かぶ「ひかり」には暗雲見上げ坐す人もゐる

リトアニア

ともかくも北西めざす赤潮の炎立《ほむら》つ見ゆ伊勢の海はも

元KGB工作員のカメラマンとも見ゆる人笑めばおそろし

くれなゐに紅葉する蔦雨降らばかつて流せし血をしたたらす

スパゲチのソースはぴちぴちはねるからアレグロではなくアレグレットに

北大の水辺歩めば紅葉するバロックの桜ゴシックのポプラ

# NAGORI

わだつみの海水温が上がるとふ昨年《きぞ》カトリナは子を孕みたり

名残りとはたとへせいたかあはだちといへどもNAGORI霜月なれば

大杉を揺らす風吹き大トトロ小トトロ鬚をなでるにあらむ

覚悟して見よみよみよと言つてゐる桜紅葉の吹きだまりはも

銀杏木は潔く散ることもなく今年最後の香をふりこぼす

## ペルー

ともかくも帰り来しとふ長旅はかつて知らざり　ともかく帰りぬ

深谷に天の川ごと星降りぬ大つごもりの夏の空より

日暮るればすべなき村に星降りてラマも農夫もただ眠るのみ

タンボとは古き言の葉旅籠の意オリヤンタイタンボに旅衣をほどきて

ナウシカとすれちがひさうな谷だつた。軒ひくく静かなる村

冬

茹で時間三分半の黄味に似た冬陽が昇る空おし上げて

冬坂をゆつくり上り来たる人壮年次郎の臙脂のマフラー

咽頭と喉頭のちがひなんてどうでもいいが冬風邪をひく

大寒は大寒らしくきつちりと寒きがよろし山茶花は白

きさらぎのいまだ眠れる梅園は白より早き紅のいくつか

# アンデス

いち日に四季ある国のとどまりは夏とも冬ともわからず仕舞

どつたりと高山病にて倒れたるイギリス紳士は眼鏡はづし

菊人形はいちばん嫌ひアンデスのインカのミイラは笑つてゐるよ

いさぎよく散る葉もあればけなげにも散らぬ葉ありてアンデスの村

右足で左足踏むなんてことなかつたわたし老いてゆくべし

葦舟

春霞はたまた黄砂あはあはと伊吹はありて京へ上りぬ

空ばかり見つめてゐたりうらうらと初めの桜終りの桜

水に映る春の社《やしろ》を眺めむと安芸のうからとひと日遊べり

葦舟の話はいつか子守歌ハイヒール脱ぎ櫂を漕がむか

何も語らず

白壁に千手の影が濃く薄く重なり揺れる春の東寺に

「もつたいない」の口癖がるんるんとはびこりしのちのゴミの山々

ヨーグルトはまづ紙ぶたを舐めてから尾長のやうにせはしきをとこ

心臓の鼓動浜辺の波の音くり返すもの何も語らず

仙台はいまだ若葉の季節なりチェリストの銀のケースの似合ふ町なり

## 土耳古

土耳古とふ未知なる国の薊野に東西さらに混沌の宗教

露ふふむ土耳古の麦は麦秋の季《とき》を迎へてふとりてゐたり

ペットボトル落ちたる道は千年ゆ羊の群の歩みしならむ

小学校の隣はモスクあざやかなスカーフの子ら校庭に遊ぶ

午前五時のアザーンひびくコンヤには下弦の月の光注げり

## 緑化

緑化とは緑に化かす意なれどもオアシスの辺のポプラに憩ふ

黒羊灰色羊の群見ゆるマルコ通りしこのアナトリア

スルタンの大きハレムに住まひする猫の瞳はうす青かりき

黒海をめざしゆくらむ首並べて波頭まぢかく飛ぶ鳥の群

をみなごは腰をかがめて日毎夜毎老後のためと絨毯を織る

## 伊達様

伊達様の緑はどこもふかみどり　ほら純子さんが手を振つてゐる

牛舌を舌にのせてはくひちぎる初めて食せし人思ひつつ

不揃ひのたうもろこしの粒光る厨ひとときおしやべりになる

八分音符ばかりぬけたるカリオンの「夕焼小焼」烏かへらず

年毎に「いいとこ十年」言ひ続け数年を経ていまも十年

## 二つの橋

お茶の水聖橋ゆく人ら見ゆ真の江戸つ子幾人をらむ

お茶の水お茶の水橋ゆく人ら医にかかはりし人らなるらむ

長月のプラットホームゆ眺むれば二つの橋は疲れたりけり

しろたへの百日紅咲く木下道ゆく人らみなやさしく見ゆる

一六七段降りてたどり着く大江戸線の牛込柳町駅

# 闇天使

闇天使歩きし道と思ふまで暗いぞ！　波も打たれし砂も

目がかゆい眉毛がかゆいとフレディーちやんマンディー君になつてはダメよ

作麼生折破《そもさんせつぱ》と言へど幼子は粘度細工のやうにゆかぬて

大江戸はリサイクル都市髪の毛の漉かれし和綴じの古本見つつ

髪の毛は誰ぞの頭《づ》より切られしかこの縁こそひとすぢの縁

## 海馬

日本の四季はと問へば人の世の幼青壮老に似ると答へり

ちかごろは春秋の季の短くてきびしき夏を喘ぎて越えぬ

情報の波が海馬に着くまでのひとときすでにたてがみ揺れる

もし弟がゐるとせば北斎の白波に似しわが世なるべし

わたくしの夢にたたずむ活火山噴火しさうで噴火はしない

あやふさ

おばさんはくれなゐ好きと思ふまで赤信号を渡る女人《ひと》あり

月ゆ見る瑠璃の珠玉を守らむと極東に集ふ人のあやふさ

虫の音を聴きつつ思ふ人類の滅びしあとの昆虫世界を

今日中の仕度を終へて居寝むとす今日は昨日となりたるのちに

フェルメール見しのち黒田清輝の「湖畔」に逢ひぬ森の深処の

## 原始

人類が二足歩行を始めたるアフリカの地に降り立ちにけり

争ひは原始の人の仲間どちに初めて石を投げしときより

ファラオとは窮極的にナルシストがんじがらめの木乃伊《ミイラ》になつて

権力の思ひのままに彫像の憎つくき母の顔削るとは

只乗りの蠅もろともにヌビアとふみんなみの地に運ばれにけり

# 砂漠

逆境が進化を生むといふ説はたしかだ　この砂漠にたてば
砂漠より草原といふ新天地のアジアに着きしホモサピエンスよ

自転車のサドルを下げず乗りたればこけたるのちは悔やまず立てと

首延べて北へと急ぐ雁の群仰ぎてかへるきさらぎの夕

楠の葉擦れの音はきさらぎの生の証と思えば楽し

### カノプスの壺

王なれど死は訪れて死者は乗るレバノン杉の細身の船に

ミュージアムにファラオのミイラ眠りをりプルトニウムもミサイルも知らず

星空を仰ぐことなく幾万のミイラは眠る砂礫のもとに

内臓と脳を納めて安堵するミイラ職人もカノプスの壺も

ヌビアには空が落ちてもかまはないほどの青さの湖ありき

花はひとりで

勝ち組も負け組も集ひ見上げをり花咲き初めし万愚節に

白蓮がふとくみぢかく生きむとて権力行使す卯月の空に

睡蓮の咲く泥沼ゆすくひをり今朝はスメタナといふ人の名を

つはもののむくろと思ふ花びらぞ　雨の白蓮辛夷の森に

曇日の花はひとりで眺むべしひたひたと天のこゑを聴くべし

## クレバスの青

午後二時の神田川添ひ長月の緑は深く浅く迫れり

こねこねになつてしまつた会議ではをとこをみなも所詮は同じ

雨の降る晩夏の茶房気をつけろダンボの耳を持つ人ばかり

秋となれば肉叢さへも内海と外海ありて鯨が泳ぐ

アリューシャン列島に似た額の肝斑《しみ》左手《ゆんで》の頬に氷河を湛へ

今明のあはひに居寝ればあかときは夢の淵にてとどまりたきを

秋雲のあはひの空はクレバスの青と同じだ深く息する

金木犀散りたるのちは懸命に自己主張するつはぶきの黄

あはれあはれ媼ら集ひ決められし台詞に沿ひてゆく座談会

居心地は悪くないのに会合はくすぐつたいやらじれつたいやら

ルーブル宮のシャンデリアとまごふ灯のもとにＤＶ防止を声高に言ふ

ボランティアは自己満足に終はらむかそこまで行かず会は果てたり

吾子独立す

わたすげの実が飛ぶやうな戸惑ひはなからむ吾子独立す

新患は一日《ひとひ》三名　開くとは北むく窓を開けるがごとし

閑古鳥はいかに啼くらむ「まあ、待て」と言つてゐるかも

昨日散りし花びらの上に重なりて今朝散る花のあはれ濃淡

御茶の水神田川沿ひ万緑のもとに蛇らは目覚めるならむ

ぢいさんはどこぢやとと問へどこれの世は花咲ばあさんばかりなりけり

## 蜘蛛の子

閃輝性暗点症とふわが目にはときに七彩の竜がのたうつ

脳機能は年相応の老化です。吹きつさらしの屋上庭園

しゆはつときて鼻腔につんと刺す匂ひマッチの煤が徐々に焦げゆく

観覧車の高きゆみればぷつかりと春の河馬浮く獣園の池

欠損車の事故はトヨタの驕りとふラジオ聞きつつ信号を待つ

愛知県は何と言ってもトヨタ様ヨン様以上の存在である

港より出でゆく船は減りしとふそれでもトヨタはＴＯＹにはあらず

どこまでも落ちこむ国の蜘蛛の糸にぶらさがってるわれら老い人

休日はとがりつぱなしの家族でも夕づけば明日を考えてゐる

## 糞虫の美

新年のうからといへど陽だまりの水仙家族のやうにはいかぬ

ファーブルのつばひろ帽子はころがりて糞虫の美を讃へしならむ

疎開地では蝗食ひしが蟬食はずアリストテレスは食ひしといふが

ほし草のぬくもりのやうふんはりと春の黄砂の山陽道は

太古より黄砂はありけむ薄日射す山を超えたり安芸のうからと

なだらかな山陰山並ふりわけて高速道を蛇行してゆく

ちかぢかに大陸ゆ吹く風を享け因幡の春はゆきつもどりつ

とどまりは春の霰と黄砂浴びフロントガラスは縞模様なり

因幡路の大陸ゆ吹く風享けて白き風車は勝手に廻る

三徳山三佛寺《みとくざんさんぶつじ》にて見上げたり投入堂の細き柱を

役行者は仙人なのか人なのか投入堂を仰ぎて思ふ

日替はりの気温に負けて風邪に臥しひと日見てゐる江戸の古地図を

昔なら江戸尾張藩中屋敷の隣あたりにありし我が家

## Dランド

花びらのやうに舗道をころがりてポップコーンが風に吹かれる

着ぐるみのうさぎすつかり疲れたり割れぬ卵をいくつも抱え

しら紙をくちやくちやまるめ捨てしのち老女のわれは険しくなりぬ

気まぐれなわたしの記憶をなだめつつ必ず忘れる言の葉探す

見渡せば葡萄若葉の坂道を駆け下りたつけ老熟われは

初夏の森に啼く鳥けたたまし年中行事の交代劇も

夏椿ぽたりぽたりと落つる庭シジフカラ来てゴジフカラ来ず

隣人の木を切る音の聴こえきて相続の話も険しくなりぬ

この先は妙なる調べと和しながら生きるわけないガンダムヲバサン
わたくしを慰めくるる小さき森露をはらみて南風を喜ぶ
いにしへの京の芋虫翡翠色歩道に這へど神々しくて

ゴミ出しはちかごろをとこの役目らし鯵のまなこが空を見上げぬ

落葉樹と常緑樹林をふたわけに奥山はありぬ戦後もありし

おそらくは源流育む森ならむお山の杉の子老木となる

上高地の河童橋には人溢れ泣くがごとくに軋む音する

ディーゼルの匂ひ残して発つ列車われも「雷鳥」もいづれ滅びむ

九月とは信じられない太陽におちよくられつつ石道をゆく

喉鳴らし水飲みしのちわが胃より水琴窟のやうな音する

## 越前へ

伊吹山を遠まきにして行く列車かつて三等車とふ車輛のありし

北の陸《くが》敦賀ぬければ里山はくろぐろと吾《あ》に迫りくるものを

鯖江とふ生臭き名も懐かしき　されどコンバインにはパラソル掲げ

すこしづつ鉄路は増せば久頭竜を越えて越前福井に着きぬ

どこにでも一本杉はあるのだと車窓に見つつ淋しかりけり

## 富士

富士山の見ゆ見えざるは東《あづま》へと下る旅には問題となる

これをラッキーと人の言ふ西側はわづか雪を被きて

朝方に沸き出でし雲は昼すぎて富士をかくせり恥ぢらふ富士を

わたくしは雲でも富士でもとりあへずやたらと甘いもろこしを喰ふ

曇天をかきまぜつつもゆるゆると半端ではない風車がまはる

高山線沿線

九頭竜と神通を越え帰らなむ淋しき駅をいくつも過ぎて

八尾《やつを》とは枯あぢさゐの似合ふ町いかに胡弓は辿り着きしか

コンバインを操る人の見ゆるのみ猪谷神岡鉱山あたり

山の辺の南斜面に墓石見ゆみなよき人ら眠りをるらむ

おそらくは初秋晩秋こきまぜて足早に過ぐ今年の秋は

ドロン

窮極のやんちやキャラつて文具店の前に落ちてる消ゴムみたい

「真珠採りのタンゴ」流れて有楽町映画館街賑はひてゐし

映画館の看板絵師を思ひをり若きドロンの眉間の皺も

飲む意志と飲み込まぬ意志がいつときに涌きて咽せればあはれなる蕎麦

咲季《さき》ちゃんが体《たい》を頭でささへつつ逆立ちすればおへそもさかさ

## 改札口

きさらぎの改札口をすぎたれば「おかへり」といふ菜の花の群

期日前投票終へて栴檀は芳しいとは思つてゐない

聖母子はやはりラファエロと夫のいふリッピの透けるレースを見つつ

悪しき方よろしき方へ蛇行して七十代とふ坂に来たれり

きさらぎの白梅に似て子の白髪ほつりほつりとするどく光る

本宮

ちぎれ雲に見えかくれする春の富士へのほのいはずしのそのいはず

今生は紺青なれば根性や懇情などに混乗しない

かの戦にわれが恐れしプロペラ機の音《ね》をひびかせて救援機ゆく

わが夫は本宮《ほんぐう》といふ岩肌に蒼き襞もつ山を愛せり

本宮といふかむさびし山ゆゑに清き水湧くひとところあり

筑紫野

一日に一度は流す涙です。こゑふりしぼり母呼ぶこゑに

どんよりと東京駅のコンコース薄暗がりの寒さが被ふ

すくなくとも便利ではないコンビニが東京に生れ初夏となる

テトラポッド　コンビナートは瀬戸内にあはぬがしかし国をささへり

九州は独立国とふ　筑紫野に棲まむとふ子と別れ来たれり

## 水無月

早苗田の畔をゆく人ふるさとの三河の国の国つくり人

筑紫野は雨模様とふはなれ棲む水無月うさぎ耳をたらすな

とびこえてゆく季節には追ひつけず水無月の窓閉ざすこのごろ

シャーウッドの森にあらねどそれぞれの緑がせまる水無月の庭

歩道橋を一段おきに登りゆく青年のリュックにプーサン揺れて

ポパイ

穂の国の美《は》しき早苗田ひとときもやむことのなき雨が支える

開かねばならぬ手紙と開きたい手紙があれば勇気をわれに

ちかごろはポパイを知らぬ若者に上腕二頭筋を教へるなんて

さあ腕を曲げてごらんよ盛り上がる筋なんてない草食系は

むきむきのタトゥーの腕さ北欧のヘビメタ聴きつつ一〇〇〇字を満たす

# どれもこれも想定内って？　アメリカの楽観主義に雨降りそそぐ

カリオン

うす紅に今年最後の薔薇咲きぬ二〇一一・一一・一一

年一度の存在感を見せて咲く石蕗は夕べに強し

わが町のカリオン鳴れば椋鳥の群はわづかに遅れて発ちぬ

嵐にてくるひし旅のとどまりは鳴門金時食はず来にけり

うふふ

霜月の江戸より上る車窓にはうふふと笑ふ朝の富士見え

幼き日歌ひし「りんごのひとり言」咲季に聴かせて涙あふれき

筑紫野の娘はいかに？　知らねどもＢＳ天気予報は悲し

立ちどまり見上ぐる今年の銀杏には疲労の瘤があらあらと見ゆ

各々に病を持ちて歳末の築地市場に寿司を食らへり

右富士

うすらさむき新年迎へ黒豆は昨年《こぞ》より硬く仕上りにけり

樹々の間ゆ光を享けし池の面に近づき見れば薄氷《うすらひ》の張る

白鷺も鴨も首《かうべ》を垂れしまま波立つことも許されざるなり

ひさかたの「ひかり」の窓ゆ右富士は喘ぎつつ見え大寒となる

冬富士の五合目あたり見えずして辛き選択に江戸へと向ふ

## まつさら

3・11は会議中にて大瑠璃戸きしむ音聴き床に座りき

まつさらな今年に何が起るだらう　富士よおまへは静かに眠れ

遅れたる「ひかり」の窓ゆきさらぎの横に吹かるる雪みつつゆく

紫木蓮

遠近江を蒼く染め上げ春の陽は冬の名残りを呑み込まむとす

思ひ出がヴィデオのやうに戻せたら今のわたしはないかもしれぬ

多分暗き蛇腹のごとき一辺にたたみられしをまさぐりをらむ

上弦の月のもとにて紫木蓮はまこと東洋《ひむがし》の花と思はむ

## 薄明り

朝戸出の「ひかり」に乗りてぬばたまのダークスーツの群に混りぬ

あるときは思ひて眠る　遠近江の吃水に生くるいろくづの群を

ふるさとのキャベツ畑が続く丘キャベッジバッジいかにしをらむ

「ひかり」待つ春のホームに降り初めばしだいに薄墨の鉄路となりぬ

忘却もときによからむひさかたの薄明りする老といふ影

## 今渡

父母《ちちはは》を知らず育ちしこの地ゆゑ吾《あ》の原点と思へ　思ひぬ

疎開とふ暗き死語よりひき戻し今渡りゆく日本ラインの

桑畑を左に見つつ行つたつけ　記憶に残るひとすぢの道

三歳の記憶をぐいと摑みつつ薔薇と菖蒲《あやめ》になぐさめられて

今はただ草生の原となりたるを喜びとして涙流しぬ

思ひ出を掬へばほろりと消えさうで　もう帰らうといふこゝろのする

## 砂子屋書房 刊行書籍一覧（歌集・歌書）

平成30年1月現在

＊御入用の書籍がございましたら、直接弊社あてにお申し込みください。
代金後払い、送料当社負担にて発送いたします。

| | 著者名 | 書名 | 本体 |
|---|---|---|---|
| 1 | 阿木津　英 | **『阿木津　英 歌集』** 現代短歌文庫5 | 1,500 |
| 2 | 阿木津　英 歌集 | **『黄　鳥』** | 3,000 |
| 3 | 秋山佐和子 | **『秋山佐和子歌集』** 現代短歌文庫49 | 1,500 |
| 4 | 雨宮雅子 | **『雨宮雅子歌集』** 現代短歌文庫12 | 1,600 |
| 5 | 有沢　螢 歌集 | **『ありすの杜へ』** | 3,000 |
| 6 | 有沢　螢 | **『有沢　螢 歌集』** 現代短歌文庫123 | 1,800 |
| 7 | 池田はるみ | **『池田はるみ歌集』** 現代短歌文庫115 | 1,800 |
| 8 | 池本一郎 | **『池本一郎歌集』** 現代短歌文庫83 | 1,800 |
| 9 | 池本一郎歌集 | **『萱鳴り』** | 3,000 |
| 10 | 石田比呂志 | **『続 石田比呂志歌集』** 現代短歌文庫71 | 2,000 |
| 11 | 石田比呂志歌集 | **『邯鄲線』** | 3,000 |
| 12 | 伊藤一彦 | **『伊藤一彦歌集』** 現代短歌文庫6 | 1,500 |
| 13 | 伊藤一彦 | **『続 伊藤一彦歌集』** 現代短歌文庫36 | 2,000 |
| 14 | 今井恵子 | **『今井恵子歌集』** 現代短歌文庫67 | 1,800 |
| 15 | 上村典子 | **『上村典子歌集』** 現代短歌文庫98 | 1,700 |

| | 著者名 | 書名 | 本体 |
|---|---|---|---|
| 131 | 馬場あき子歌集 | **『渾沌の鬱』** | 3,000 |
| 132 | 浜名理香歌集 | **『流　流』** ＊熊日文学賞 | 2,800 |
| 133 | 日高堯子 | **『日高堯子歌集』** 現代短歌文庫33 | 1,500 |
| 134 | 日高堯子歌集 | **『振りむく人』** | 3,000 |
| 135 | 福島泰樹歌集 | **『焼跡ノ歌』** | 3,000 |
| 136 | 福島泰樹歌集 | **『空襲ノ歌』** | 3,000 |
| 137 | 藤原龍一郎 | **『藤原龍一郎歌集』** 現代短歌文庫27 | 1,500 |
| 138 | 藤原龍一郎 | **『続 藤原龍一郎歌集』** 現代短歌文庫104 | 1,700 |
| 139 | 古谷智子 | **『古谷智子歌集』** 現代短歌文庫73 | 1,800 |
| 140 | 前　登志夫歌集 | **『流　轉』** ＊現代短歌大賞 | 3,000 |
| 141 | 前川佐重郎 | **『前川佐重郎歌集』** 現代短歌文庫129 | 1,800 |
| 142 | 前川佐美雄 | **『前川佐美雄全集』** 全三巻 | 各12,000 |
| 143 | 前田康子歌集 | **『黄あやめの頃』** | 3,000 |
| 144 | 蒔田さくら子歌集 | **『標のゆりの樹』** ＊現代短歌大賞 | 2,800 |
| 145 | 松平修文 | **『松平修文歌集』** 現代短歌文庫95 | 1,600 |
| 146 | 松平盟子 | **『松平盟子歌集』** 現代短歌文庫47 | 2,000 |
| 147 | 松平盟子歌集 | **『天の砂』** | 3,000 |
| 148 | 水原紫苑歌集 | **『光儀（すがた）』** | 3,000 |
| 149 | 道浦母都子 | **『道浦母都子歌集』** 現代短歌文庫24 | 1,500 |
| 150 | 道浦母都子歌集 | **『はやぶさ』** | 3,000 |

| | 著者名 | 書名 | 本体 |
| --- | --- | --- | --- |
| 41 | 春日井　建 歌集 | **『井　泉』** | 3,000 |
| 42 | 春日井　建 | **『春日井　建 歌集』** 現代短歌文庫55 | 1,600 |
| 43 | 加藤治郎 | **『加藤治郎歌集』** 現代短歌文庫52 | 1,600 |
| 44 | 加藤治郎歌集 | **『しんきろう』** | 3,000 |
| 45 | 雁部貞夫 | **『雁部貞夫歌集』** 現代短歌文庫108 | 2,000 |
| 46 | 雁部貞夫歌集 | **『山雨海風』** | 3,000 |
| 47 | 河野裕子 | **『河野裕子歌集』** 現代短歌文庫10 | 1,700 |
| 48 | 河野裕子 | **『続 河野裕子歌集』** 現代短歌文庫70 | 1,700 |
| 49 | 河野裕子 | **『続々 河野裕子歌集』** 現代短歌文庫113 | 1,500 |
| 50 | 来嶋靖生 | **『来嶋靖生歌集』** 現代短歌文庫41 | 1,800 |
| 51 | 紀野　恵 歌集 | **『午後の音楽』** | 3,000 |
| 52 | 木村雅子 | **『木村雅子歌集』** 現代短歌文庫111 | 1,800 |
| 53 | 久我田鶴子 | **『久我田鶴子歌集』** 現代短歌文庫64 | 1,500 |
| 54 | 久我田鶴子歌集 | **『菜種梅雨』** ＊日本歌人クラブ賞 | 3,000 |
| 55 | 久々湊盈子歌集 | **『あらばしり』** ＊河野愛子賞 | 3,000 |
| 56 | 久々湊盈子 | **『久々湊盈子歌集』** 現代短歌文庫26 | 1,500 |
| 57 | 久々湊盈子 | **『続 久々湊盈子歌集』** 現代短歌文庫87 | 1,700 |
| 58 | 久々湊盈子歌集 | **『風羅集』** | 3,000 |
| 59 | 久々湊盈子歌集 | **『世界黄昏』** | 3,000 |
| 60 | 久々湊盈子 著 | **『歌の架橋　インタビュー集』** | 3,500 |

| | 著者名 | 書名 | 本体 |
| --- | --- | --- | --- |
| 86 | 坂井修一 | **『坂井修一歌集』** 現代短歌文庫59 | 1,500 |
| 87 | 坂井修一 | **『続 坂井修一歌集』** 現代短歌文庫130 | 2,000 |
| 88 | 桜川冴子 | **『桜川冴子歌集』** 現代短歌文庫125 | 1,800 |
| 89 | 佐佐木幸綱 | **『佐佐木幸綱歌集』** 現代短歌文庫100 | 1,600 |
| 90 | 佐佐木幸綱歌集 | **『ほろほろとろとろ』** | 3,000 |
| 91 | 佐竹弥生 | **『佐竹弥生歌集』** 現代短歌文庫21 | 1,456 |
| 92 | 佐藤通雅歌集 | **『強　霜（こはじも）』** ＊詩歌文学館賞 | 3,000 |
| 93 | 志垣澄幸 | **『志垣澄幸歌集』** 現代短歌文庫72 | 2,000 |
| 94 | 篠　弘 | **『篠　弘 全歌集』** ＊毎日芸術賞 | 7,000 |
| 95 | 篠　弘 歌集 | **『日日炎炎』** | 3,000 |
| 96 | 柴田典昭 | **『柴田典昭歌集』** 現代短歌文庫126 | 1,800 |
| 97 | 柴田典昭歌集 | **『猪鼻坂』** | 3,000 |
| 98 | 島田修三 | **『島田修三歌集』** 現代短歌文庫30 | 1,500 |
| 99 | 島田修三歌集 | **『帰去来の声』** | 3,000 |
| 100 | 島田幸典歌集 | **『駅　程』** ＊寺山修司短歌賞・日本歌人クラブ賞 | 3,000 |
| 101 | 角倉羊子 | **『角倉羊子歌集』** 現代短歌文庫128 | 1,800 |
| 102 | 高野公彦 | **『高野公彦歌集』** 現代短歌文庫3 | 1,500 |
| 103 | 高野公彦歌集 | **『河骨川』** ＊毎日芸術賞 | 3,000 |
| 104 | 田中　槐 歌集 | **『サンボリ酢ム』** | 2,500 |
| 105 | 玉井清弘 | **『玉井清弘歌集』** 現代短歌文庫19 | 1,456 |

| | | | |
|---|---|---|---|
| 155 | 森岡貞香 | 『森岡貞香歌集』現代短歌文庫124 | 2,000 |
| 156 | 森岡貞香 | 『続 森岡貞香歌集』現代短歌文庫127 | 2,000 |
| 157 | 森山晴美 | 『森山晴美歌集』現代短歌文庫44 | 1,600 |
| 158 | 柳　宣宏歌集 | 『施無畏（せむい）』＊芸術選奨文部科学大臣賞 | 3,000 |
| 159 | 山田富士郎 | 『山田富士郎歌集』現代短歌文庫57 | 1,600 |
| 160 | 山田富士郎歌集 | 『商品とゆめ』 | 3,000 |
| 161 | 山中智恵子 | 『山中智恵子歌集』現代短歌文庫25 | 1,500 |
| 162 | 山中智恵子 | 『山中智恵子全歌集』上下巻 | 各12,000 |
| 163 | 山中智恵子 著 | 『椿の岸から』 | 3,000 |
| 164 | 田村雅之編 | 『山中智恵子論集成』 | 5,500 |
| 165 | 吉川宏志歌集 | 『燕　麦』＊前川佐美雄賞 | 3,000 |
| 166 | 吉川宏志 | 『吉川宏志歌集』現代短歌文庫135 | 2,000 |
| 167 | 與謝野　寛 | 『與謝野寛短歌選集』（平野萬里編） | 3,500 |
| 168 | 米川千嘉子 | 『米川千嘉子歌集』現代短歌文庫91 | 1,500 |
| 169 | 米川千嘉子 | 『続 米川千嘉子歌集』現代短歌文庫92 | 1,800 |

＊価格は税抜表示です。別途消費税がかかります。

砂子屋書房
〒101-0047 東京都千代田区内神田3-4-7
電話 03(3256)4708 FAX 03(3256)4707 振替 00130-2-97631
http://www.sunagoya.com



| | | | |
|---|---|---|---|
| 20 | 大辻隆弘歌集 | 『汀暮抄』 | 2,800 |
| 21 | 大辻隆弘歌集 | 『景徳鎮』 | 2,800 |
| 22 | 岡井　隆 | 『岡井 隆 歌集』現代短歌文庫18 | 1,456 |
| 23 | 岡井　隆 歌集 | 『馴鹿時代今か来向かふ』（普及版）＊読売文学賞 | 3,000 |
| 24 | 岡井　隆 歌集 | 『銀色の馬の鬣』 | 3,000 |
| 25 | 岡井　隆 著 | 『新輯 けさのことば Ⅰ・Ⅱ・Ⅲ・Ⅳ・Ⅵ・Ⅶ』 | 各3,500 |
| 26 | 岡井　隆 著 | 『新輯 けさのことば Ⅴ』 | 2,000 |
| 27 | 岡井　隆 著 | 『今から読む斎藤茂吉』 | 2,700 |
| 28 | 沖　ななも | 『沖ななも歌集』現代短歌文庫34 | 1,500 |
| 29 | 奥村晃作 | 『奥村晃作歌集』現代短歌文庫54 | 1,600 |
| 30 | 尾崎左永子 | 『尾崎左永子歌集』現代短歌文庫60 | 1,600 |
| 31 | 尾崎左永子 | 『続 尾崎左永子歌集』現代短歌文庫61 | 2,000 |
| 32 | 尾崎左永子歌集 | 『椿くれなゐ』 | 3,000 |
| 33 | 尾崎まゆみ歌集 | 『奇麗な指』 | 2,500 |
| 34 | 尾崎まゆみ | 『尾崎まゆみ歌集』現代短歌文庫132 | 2,000 |
| 35 | 笠原芳光 著 | 『増補改訂 塚本邦雄論 逆信仰の歌』 | 2,500 |
| 36 | 柏原千惠子歌集 | 『彼　方』 | 3,000 |
| 37 | 梶原さい子歌集 | 『リアス／椿』＊葛原妙子賞 | 2,300 |
| 38 | 春日いづみ | 『春日いづみ歌集』現代短歌文庫118 | 1,500 |
| 39 | 春日真木子 | 『春日真木子歌集』現代短歌文庫23 | 1,500 |
| 40 | 春日真木子 | 『続 春日真木子歌集』現代短歌文庫134 | 2,0 |

| | | | |
|---|---|---|---|
| 65 | 小池　光 | **『続 小池　光 歌集』** 現代短歌文庫35 | 2,000 |
| 66 | 小池　光 | **『続々 小池　光 歌集』** 現代短歌文庫65 | 2,000 |
| 67 | 小池　光 | **『新選 小池　光 歌集』** 現代短歌文庫131 | 2,000 |
| 68 | 河野美砂子歌集 | **『ゼクエンツ』** ＊葛原妙子賞 | 2,500 |
| 69 | 小島ゆかり歌集 | **『さくら』** | 2,800 |
| 70 | 小島ゆかり | **『小島ゆかり歌集』** 現代短歌文庫110 | 1,600 |
| 71 | 小高　賢 | **『小高　賢 歌集』** 現代短歌文庫20 | 1,456 |
| 72 | 小高　賢 歌集 | **『秋の茱萸坂』** ＊寺山修司短歌賞 | 3,000 |
| 73 | 小中英之 | **『小中英之歌集』** 現代短歌文庫56 | 2,500 |
| 74 | 小中英之 | **『小中英之全歌集』** | 10,000 |
| 75 | 小林幸子歌集 | **『場所の記憶』** ＊葛原妙子賞 | 3,000 |
| 76 | 小林幸子 | **『小林幸子歌集』** 現代短歌文庫84 | 1,800 |
| 77 | 小見山　輝 | **『小見山　輝 歌集』** 現代短歌文庫120 | 1,500 |
| 78 | 今野寿美 | **『今野寿美歌集』** 現代短歌文庫40 | 1,700 |
| 79 | 今野寿美歌集 | **『龍　笛』** ＊葛原妙子賞 | 2,800 |
| | 今野寿美歌集 | **『さくらのゆゑ』** | 3,000 |
| | 昂之 | **『三枝昂之歌集』** 現代短歌文庫4 | 1,500 |
| | ほか著 | **『昭和短歌の再検討』** | 3,800 |
| | | **『続 三枝浩樹歌集』** 現代短歌文庫86 | 1,800 |
| | | **『佐伯裕子歌集』** 現代短歌文庫29 | 1,500 |
| | 歌集 | **『青眼白眼』** | 3,000 |
| 110 | 外塚　喬 | **『外塚　喬 歌集』** 現代短歌文庫39 | 1,500 |
| 111 | 中川佐和子 | **『中川佐和子歌集』** 現代短歌文庫80 | 1,800 |
| 112 | 長澤ちづ | **『長澤ちづ歌集』** 現代短歌文庫82 | 1,700 |
| 113 | 永田和宏 | **『永田和宏歌集』** 現代短歌文庫9 | 1,600 |
| 114 | 永田和宏 | **『続 永田和宏歌集』** 現代短歌文庫58 | 2,000 |
| 115 | 永田和宏ほか著 | **『斎藤茂吉—その迷宮に遊ぶ』** | 3,800 |
| 116 | 永田和宏歌集 | **『饗　庭』** ＊読売文学賞・若山牧水賞 | 3,000 |
| 117 | 永田和宏歌集 | **『日　和』** ＊山本健吉賞 | 3,000 |
| 118 | 永田和宏 著 | **『私の前衛短歌』** | 2,800 |
| 119 | 中津昌子歌集 | **『むかれなかった林檎のために』** | 3,000 |
| 120 | なみの亜子歌集 | **『バード・バード』** ＊葛原妙子賞 | 2,800 |
| 121 | なみの亜子歌集 | **『「ロフ」と言うとき』** | 2,800 |
| 122 | 西勝洋一 | **『西勝洋一歌集』** 現代短歌文庫50 | 1,500 |
| 123 | 西村美佐子 | **『西村美佐子歌集』** 現代短歌文庫101 | 1,700 |
| 124 | 花山多佳子 | **『花山多佳子歌集』** 現代短歌文庫28 | 1,500 |
| 125 | 花山多佳子 | **『続 花山多佳子歌集』** 現代短歌文庫62 | 1,500 |
| 126 | 花山多佳子 | **『続々 花山多佳子歌集』** 現代短歌文庫133 | 1,800 |
| 127 | 花山多佳子歌集 | **『木香薔薇』** ＊斎藤茂吉短歌文学賞 | 3,000 |
| 128 | 花山多佳子歌集 | **『胡瓜草』** ＊小野市詩歌文学賞 | 3,000 |
| 129 | 花山多佳子 著 | **『森岡貞香の秀歌』** | 2,000 |
| 130 | 馬場あき子歌集 | **『太鼓の空間』** | 3,000 |

梅雨のあれこれ

ぐづぐづの日本列島からからのドイツいづれも菩提樹の咲く

はつなつのわたくしなれど海底に沈んだグランドピアノの音色

ほんにかたき西瓜の皮と言ひつつもくれなゐの汁したたらせ食む

黒白はつけやうもなく夏富士よ　雲に被はれ雲と遊びぬ

卯の花とふ前線がはややはらかき雨をともなひ北へとゆきぬ

# 今朝は

草木は梅雨を知つてる。朝ごとに空へ空へと枝《え》は指となる

昨日《きぞ》はぺくちゆと啼く鳥が来て今朝はぴいえつくすと啼く鳥が来ぬ

北方の島々に似る顔の肝斑《しみ》今朝はマゼラン星雲のやう

雨ごもる三河の山は幾万の蟬の幼虫深く抱かむ

連休の翌日は火曜日と思へど体は月曜なのだ

## 夏の力

大和なるをとこの言葉「康介を手ぶらで帰すわけにはゆかぬ」

聖橋の橋脚に映える水の光《かげ》揺れるものには意志のあるらむ

善師野《ぜんじの》とふ無人の駅を過ぎたればただ野つ原に風の吹くのみ

八月は蟬の羽月と人の言ふ　わたしの庭に法師蟬鳴く

大いなる扇のごとき白雲は夏の力をふり絞りゆく

遠きは蒼に

カラス麦の畑につきし二すぢの車輪《わだち》がつひに消えゆくところ

ドイツには芒はあらず次世紀はセイタカの野にかはりゆくらむ

ツヴィカウもケームニッツも影を持つ　かつて東《ひむがし》の国にてありし

川霧の深くのぼりし栈橋に太りし雀と青首の群

外つ国ゆ帰れば三河の山並は近きは緑遠きは蒼に

## 王

ずりずりとドイツの雨が降り初めぬ蔦の紅葉に息吹をあたへ

回送の電車と知らず乗りたれば月を見るしかない王のやう

王湖《ケーニッヒスゼー》の秋の岸辺に波立たず悲劇に終りし王のことはも

車酔の豚もあるらむ家畜車にびつしりつまれし黒豚の群

雲海の下にあるのはカザフスタン砂漠の民のねむらむころか

## 水玉模様

心あてに水玉模様のソックスを履きて旅へといくたび思ふ

日本とはたしかに違ふドレスデンの胡桃の葉擦れプラタナスの葉擦

赤信号みんなで渡る椋鳥よ町のカラスは居場所を追はれ

「出馬」とふ摩訶不思議なる言の葉をちかごろ巷に聞くこと多し

嘘なのかホントなのかとわが夫は政見放送のチャンネル替へる

歯ブラシのキス

向き合つてするやうな　はて？　しないやうなピンクとブルーの歯ブラシのキス

改札口に待たす五分と待たされる五分の違ひを思ひつつ立つ

花が咲いてしぼんでからの人生だ　ジャンケンポンはいまでも弱い
だが待てよ　咲いたときつてあつたつけ？　多分ペンペン草のやうな花なら
最後までわからぬものだ　年の瀬にノロウイルスとふしつぺがへしが

でもさあ

くじ運は縁なきものと、でもさあと年末ジャンボの列に混じりぬ

老いたれば大志抱かず北大のベンチで食べる焼きたてのパン

どの道も歩いてみなけりやわからない。どんな道にも勾配はある

何もかもうまくゆかぬ日　三色のボールペンさへわれを嫌ひぬ

深井戸

大潮の浜名湖なればいろくづをやさしく抱き春迎へむとす

鵯のランチタイムに柚の実は斜めに冬の陽を享けてゐる

南極に老人星が見ゆるらし弥生はさぞや楽しかるらむ

うつむきて歩く癖ゆゑ空を見よ空を見よとて梅園にゆく

深井戸ゆ汲むあたたかき言の葉の浮きたる水を掬はむとする

## 花いろいろ

白爪の野に寝ころびて空を見るホメオスタシス　ホメオスタシス

瀬のふちに寄りて浮かびし散り桜かかはりなければそののち知らず

ゴミ袋に集められたる花さへも美《うま》しと思ふその薄紅は

来年も再来年も散る桜花を両手《もろて》を合はせ享けとめむとす

季節とはきまぐれならむ梅まつり終りしのちの満開の園

阿吽の「あ」

春の奈良を歩き疲れて仰ぐ像　阿吽の「あ」口に蜘蛛の巣の見ゆ

わが町の春はどこぞと思ほれば黒き潮《うしほ》のはこびしならむ

爛漫の春の深夜の満月をぷしゅっと指で押してみたいが

くくるものくくらるるものジーンズの群にぬかれて春の町ゆく

まつさらな

ふるさとをつらぬく川は朝々にセガンティーニの蒼を湛へる

まつさらな渋谷があつた。薄墨の副都心線出でてのぼれば

引力にまかせて落つる姫娑羅はこもれ陽のさす石道うめる

初夏の卓におかれしカンキツはトンカツにあふ爪に沁むけれど

くれなゐの壁うめつくす金色の額縁はみなロマン派のため

## 荊

梔子のひどくやつれし公園にアングラ劇のテントが立ちぬ

うすぐらきテント覗けばシタールを弾く若者がひとり座れり

三日後は神隠しのごと劇団の去りたるもとの公園となる

車窓よりわけあり男女の会話見る「ひかり」もときに楽しきものよ

愛の薔薇は愛の荊《イバラ》となるらしいNoの手を振り女は去りぬ

キャラコ

いづこより射す月光《かげ》ならむ遠江《とほたふみ》は暗く鎮もり粘りを帯びぬ

スタバの高き玻璃戸ゆ見上げたる丸ごと透きし梅雨明けの空

八月の雨は大粒ピーマンを炒めるときのやうな音して

悲劇的な夏のメニューを　アルデンテ・カンタービレ・ポコ・クレームブリュレ

いろいろな月曜があつた。キャラコとふべたつく白布のやうな週明け

ぐにやぐにや

「前向きな失恋」と「ぐにやぐにやな恋」夏の花火に名をつけてみる

「ぐにやぐにやな恋」の花火は何とまあ白き煙の多いことのう

遅き夏をひとりの旅に出でむかな振子電車はホンニキラヒジヤ

ひとすぢの川をいくたびよぎりつつ中央線は深き谷ゆく

乱雲は北に向ひて集積中雨を乞へども天に届かず

## 萩

三河なる吉田の宿ゆ立ち出でて長州萩へ夕べ着きけり

萩といふ町の淋しら　ひるさがりの夏柑の木も揺るることなく

戦ひの遺物の沈む海峡に遠き外つ国の船は行き交ふ

無花果はかつて厠のよこにありし　かくのこのみとそれでこそいふ

いろくづの行き交ふ水路は波高く浜名湖はすでに嵐のけはひ

北天

「虫が喰ひテー」少しづつ萎えてしまつた食虫の苔が厨に叫んでゐます

カネタタキ日本中《につぽんぢゆう》で鉦叩くほろびろほろびろ海馬のあたり

王のごとく

海も山もきはまる蒼に染めあげて秋の陽は王のごとくふるまふ

秋ひと日この世の山を登りたりまるごと金の湖《うみ》見えるまで

こくこくと老いてゆくらむ北天にあるとふ豊かな草野めざして

「満月を見てごらんよ」とメールあり　それぞれの地で空を仰ぎぬ

## 新潟

父母棲みし水道町ゆ歩きをり　かつて天領の佐渡見ゆるまで

傘を刺す霙降り初め古町の柳はかつての柳にあらず

ふるさとの先輩として敬へり萩野通りの久作先生

砂のほかは何も見えぬと三月《みつき》経てカザフスタンより届きし便り

届くだけよきことなりと思ふべし大統領の切手は語る

# 夢

よい夢は滅多に見ない　なればさて面白がつて年をとりたい

黄の薔薇が毎朝届く生活を夢見れば届く南天と松

防寒対策として着ぶくれてとぎ澄まされし風受けむとす

濃き淡き巻雲《すぢぐも》いくつ交はりて大寒の空を南《みんなみ》めざし

戦ひのさなかに生れてひとときは名もなき山のもとに過ごせり

ふるさとの

中天に半身うすれし兎抱く２０１４・３・11の月

ふるさとの川に白波立つ冬は豊かにとよむ川とこそ知れ

ふるさとの川辺に立てば鐘の音は水面《みなも》をわたり水底へ消ゆ

仏具屋を横目に見つつまさかこんなきんきらきんのあの世でなからうに

木道はしつかり下を見て歩け　草の紅葉を遣りすごしつつ

## 春はうれしき

丹沢の春の雪見てヘンデルはまことよきかな「ひかり」の窓に

ボーイソプラノは天使のこゑとひとは言ふ　虐げられしカストラータよ

何故だらう　こんなにも馬鹿なストーリーオペラに酔ひて帰る夜道に

わたくしのポップ感とは陽水ゆ進化してない「ひかり」にをれば

真冬並の寒さが戻り風笑ふ贋の春でも春はうれしき

## ルンバ

愛すべきわが家のルンバときをりはうんこのやうに埃をこぼす

選ばれし一年生のランドセルが上下に揺れてわれを追ひぬく

四月とは青き林檎が坂道をころがるやうに駆けてゆく季《とき》

上海は嫌ひだけれどわだつみのシャンハイといふひびきは好きだ

### 杭

出る杭は打たれる。されば出ず入らずの水面《みなも》にゐたい海の陽を浴び

矜恃など無論なけれど六月の富士のやうにはなりたくはない

レクイエム聴きつつ下る「ひかり」号いくたびも見し墓地のかずかず

シチリアは長靴《ロングブーツ》で蹴られたるやうな島ゆゑオレンジは赤

# 牧草

全天候の一日だつた。牧草の野はひとときの雨をよろこぶ
テーゲルの空の港は束独のにほひを残す低き天井

マロニエはすでに花散り菩提樹はいま少し先の花芽を垂らす

ロロブリジーダの笑まふ写真に迎えられもちもちのペンネ一気に食ひぬ

二すぢの車輪《わだち》は消えず千年が過ぎるであらう北のドイツに

ノブ

黄金のカレーライスはあらねどもドイツにはあるジャガイモ博物館

日本式カレーライスは定番のジャガイモなれど博物館なし

牧草が育ちつつある大平野ドイツって空と仲よし

この疲れはもしや二の腕？　ドイツではすべてのノブに力をこめて

## 惨敗の家康

遠江《とほたふみ》は雨後の山並みどり濃く惨敗の家康も眺めしならむ

葉月尽日本中に疲れたるすべてのものが鉦叩き聴く

放たれしわが言の葉は長月《なづき》の脳のおくの皺に沈みぬ

新宿は長い坂の上《へ》の町なのでゆるやかに過ぎる陽を見つめてる

しろたへの

ふるさとの夜の巷にしろたへの彼岸花咲く一輪のみの

訓練の戦闘機五機しろたへの円を描きぬ平和とふ円

ワグナーのオペラなれども前席の薄毛の林を透かして眺む

六時間のオペラはしんどい。聖槍も聖杯さへもどうにでもなれ

## 三位

三位とはつねに怪しき　まぼろしの第三ラジオ体操ありし

俯くなと言ひきかせつつ俯きて椋鳥の鳴く道を帰りぬ

瞬きをいくたびもする螢光灯　ＬＥＤに替へるぞ　よいか

朝いちの「ひかり」に乗れば出来たてのサンドイッチは上顎につく

朝いちの「ひかり」に乗れば座りざまパソコンに向く黒きジャケット

ミッキーの風船

漆黒の闇を見透かす眼をもちてゆくべきか否　老いてゆくとき

遠くよりひびく鐘の音エストニアタリンの鷗いかにしあらむ

わが家では乳酸菌やルンバさへ真夜に働く夢の時間を

週末の新幹線の下りには天井に揺れるミッキーの風船

笑ふのか泣いてゐるのかわからぬぞ　豊旗雲のあはひの空は

## 歩道橋

週一に上り下りする歩道橋いつ数へても四十二段

冬ざれの歩道橋ゆくわが背はふくれた鳩のやうにやあらむ

遠慮がちに咲く黄の薔薇をほめ讃へいかに過ごさむこのきさらぎを

この場合はつきりせねばと思ふのです。濃きむらさきのヒヤシンス咲き

きさらぎの積乱雲におほはれて富士の白雪さぞ白からむ

## きさらぎの水面

ボーイソプラノ声高に唄ふ少年の人中《にんちゆう》の辺にうつすらと髭

変声期の足音きこゆる少年よ　アルトがなければ合唱にならぬ

検札を終へし「ひかり」に窓外の山桜愛で睡りにつきぬ

深き森のむかうは何も見えぬゆゑ浅春の野に午睡たのしむ

オムレツに絞り出すときケチャップのオナラと言ひて真面目に食せり

＊

勇敢に暖炉の薪は燃えさかりカタリ落ちたり宴《うたげ》ののちに

鴨鍋はうまし　されどもきさらぎの昏き水面ゆ川風わたる

臘梅も金柑も鵯《ひよ》よ　きつちりと突いて黄を散らすでないぞ

冬ざれの浜名の湖の老い松よ　一本ゆゑに凛凛しく立ちぬ

ありふれた薔薇が一輪咲く庭にいかなる芽でも出て来い　早く

天まで登れ

月へとは言はねど春の宵霞わが自転車よ天まで登れ

「自称」とふかんむりつきの国のこと闇のどこかにぶらさがるらし

ガイドブックはかたはらにおき車窓にて春のさきがけ楽しまむとす

チェルネンコ、アンドロポフよ　かの国の長《おさ》の命はかつて短し

小田原ゆ見る春の富士北側は雪　南《みんなみ》は雲に被はれ

ふるさとの

常陸へとさしかかるころ暗雲は迫りてわれを拒まむとする

風つよきふるさとなれば北をさす鳥たちはいつも風に流さる

ささやかなやさしさならむふるさとの桜花みなうつむきて咲く

塗りたてのファラオ頭部の遊具見ゆ近くて遠き尾張名古屋に

# 名鉄

文庫本を開くのはやめひとまづはこの新緑を楽しまむとす

名鉄はかつて愛電と言はれしを母はいくたび言ひたりかの日

半分の声帯失くせしベー・チェチョル「砂山の砂に腹這ひ」目を閉じて聴く

尾張とは矢作すぎれば「まつつあかや」松坂屋へと母は出かけし

いつの日か乗ることあらむ名鉄の銀の車体はセントレア行き

なんぢやもんぢやの木

はちみつのやはらかくなるはつなつの星たちでさへ死はいつかくる

自分でもわかるのですよ。蟷螂のやうな立ち上りするわたくしを

記憶とは辿らなければわからない　なんぢやもんぢやの木を仰ぎつつ

新幹線下り「ひかり」に見る富士は愛鷹山《あしたかやま》に吸はるるごとし

三河とは西にあるゆゑあぢさゐは俯き初めぬことと思ひぬ

## 出女

浜名湖は昏き陽の射し出女は髷のなかまで調べられにき

幾へなす低き山並見えしころ梅雨のしたたる安芸に来にけり

過ぎたるは何とやら言ふ修復後のあまりに白きしらさぎの城

めでたくも高齢者となり拷問型ヒールの靴は捨てやうと思ふ

## きつさき

きつさきの鋭い羽根の天使らが傷つき合つて雨が降るのだ

熊蟬が石道に落ちカナカナとツクツクが鳴く諦めよと鳴く

熱中症にやられたわれにそんなことあつたのかよとカナカナが鳴く

漱石の紫檀の机　谷崎の根来《ねごろ》の机　わたしの机

前線は居座りつづけひたすらにマーモットのやうに空を見てゐる

ガラ携

吃水の湖《うみ》へと注ぐ大潮の波は濁りて橋脚を打つ

ぬばたまのかの卓袱台のありしころ折りたたんでは布団をひきぬ

ガラ携と言はれやうともわたくしはこよなく愛す海イグアナを

剝がれおちし角の痕跡に血が滲む牡鹿のやうな人歩みたり

性格はよくないらしい。垂直にのぼる熱帯魚はアンゲラ・メルケル

月桂樹

バイカルの凍りつきたる波頭深く蒼からむ思ひて眠る

つはぶきはゆるりと終はりさざんくわのくれなゐポツリと咲く庭となる

迷惑は承知のうへでダミエともピアフともなり唱ふシャンソン

金柑を啄みに来し鵯が「どけ。どけ。」と言ふわたしの森に

七十歳の鳩のくはへし月桂樹ピースピースと啼いてはみても

青島

雨降らば明日は散る葉よ　よき音とともに散る葉もあらむと見上ぐ

霜月は知らぬ間に過ぎ侘助は知らぬ間に咲く遠慮しつつも

青き島に乱れて成りし柑橘は手漕ぎ舟にて運ばれにけむ

だんご虫にもいろいろありて高貴なるやからはどれもだんご作らず

惑星になり損なひし星々は反抗期の子のやうな淋しさ

クリスマスカクタス

封筒をトンとたたきて開封すわれには無用の情報あまた

ぬばたまのマイナンバーカード受けとりて　さていかにせむまづは金庫へ

夕されば外《と》つ国人《くにびと》で賑はへるかつて絶域といはれし国は

そもそもは熱中症になりしより狂ひ始めしわたしの身体

脱皮する必要もないわたくしが育てし繚乱のシャコバサボテン

立春過ぎ

当世は下流老人蠢けど河の下流はゆたかに流る

立春を過ぎればはやも霞立つ富士の高嶺のやうにはいかぬ

真夜中のわが家のルンバ帰ろかな帰るのよさうか言つてるみたい

マスク人と行列人は東京に多くゐるらし外《と》つ国人《くにびと》言ふ

きさらぎの天を仰げり　これだつたか　わたしの老後に待つてゐたもの

つくよみの

耳遠くなりたる夫はつくよみの「月の砂漠」を弾かなくなりぬ

更年期障害知らず来しわれは後期更年期障害を病む

首都の名はスリジャヤワルダナプラコッテ言つてごらんと咲季が迫りぬ

声変りせし少年はふてくされ蛹《さなぎ》の皮を食ひちぎりたり

カルメンのくはへし薔薇はほんたうはアルルに咲きしオレンジの花

## 疲労骨折

渦潮の力ぞ　疲労骨折は鳴門の海の鯛にもあるらし

車窓より富士は見へねど蘊蓄《うんちく》は聴かぬがよろし春霞ゆゑ

メルトダウン響きのよさに引かれても花は嘆かむかの福島の

一か月と一週間の早さとはわたし的にはさう違はない

心臓はおのれの拳の大きさとこぶしを上げて教へしことも

## 「のぞみ」の窓

降り初めばいざ帰らなむ雨の子がちりちり走る「のぞみ」の窓に

隧道のまにまに見ゆる新緑にいにしへの神が宿ると思《も》へば

藤のやうに吹かれるつて難しいよね。　護法童子の剣の羽根言ふ

いにしへのポンテブリアーノ　モナリザの背景にある道をゆきたし

あやめともかきつばたともわかたずにハナシャウブ咲く池の辺《へ》をゆく

## 背中の穴

木々たちがおしやべりする間《ま》に降りて来よ　わが軒先に棲む雉鳩よ

ぽつかりと背中に穴があるみたい　かつて妖精の羽根のあとかも

めいつぱいに咲いてしまつた鉄線の来年の花いかに咲くらむ

金曜の東京駅のコンコース　ミッションパッションハイテンション

キャリーバッグに洗濯物を詰めこみしビジネスマンが急ぎ行き交ふ

河馬ならば

ライ麦の畑のむかうはなにもなし目標はあの小暗き森だ

ドイツ人にかつて学びしよきことはパンでソースをゑぐりとること

黄の薔薇が崩れて雨後の土に散る　わたしの体はすみずみ寂しい

昨日まで咲きゐし薔薇は五月雨に黄の涙をしぼりて散りぬ

獣園の河馬ならばわたし　ぽつかりと池に浮んで老後をすごす

# 牛込

牛込は坂多き町漱石の歩きし道にあぢさゐの咲く

あぢさゐの廃《すだ》れし道を老女二人せつせと歩くせつせと歩まむ

百匹の蟻を踏みつつ歩む道　ひと日の糧を求めをらむに

千切りのキャベツは三十回嚙めといふ　でもももんがじやないよわたしは

## 骨折

掃除機のコードに絡まれ転倒すかけがへのなきメガネが破《わ》れて

結論は肩甲骨の骨折なり三角巾に右手委ねる

あさあさは猫式洗顔でごまかしてそれでも何とかいけさうに思ふ

土鳩とは一線を画す雉鳩がわが家いちばんの早起きさんです

目白御一行が爆食ひをして去りしのち待てども目黒御一行来ず

## 午後四時の蟬

遠まはりして陽の陰を歩みをり午後四時の蟬じじじと啼けり

鉦叩きの音《ね》を愛でつつも人類の滅びしのちの虫の音と思ふ

大雨にずつしり沈む静岡にやうやく着きぬ「ひかり」に乗りて

箱詰めのトマトが届きそれぞれに当たる日射しはそれぞれのもの

七十五歳鏡に向ふわたくしに倒れるほどの睫はあらぬ

## あの波の音

黒き海ゆ迫りくる波あの波の音を忘れずに七十年過ぐ

敵国とふ飛機が頭上をゆく夜はあの波の音に救はれにけり

海のむかうのふるさとに降る焼夷弾海に映えしを美《は》しと思ひし

明けぬれば焼けただれたるわが家に小さき仏塔ころがりてゐし

網目よりこぼれし魚を食ひし日のかつての浜に観覧車見ゆ

## 雲海

右頬に朝日を享けて運転す　西方浄土は雲海のなか

いさぎよく散る葉を仰ぐ道すがら　でもねえやつぱりと思ふ夕暮

消えゆきしわが言の葉の吹きだまりぴよんとまたいで口笛吹いて

落葉松の林にそそぐ錦秋の夕つ陽なんて出来すぎてゐる

深谷をふりさけて来し信濃路ゆ夕陽を背に享けて帰らな

大いなる

大いなる銀杏のもとに立つわれら百年のちのわが末裔よ

大いなるルドンのひとみが冬富士のどまんなかにて瞬きをする

捨てるにはをしいと言える化粧箱のまこと菴羅《マンゴー》は美味にて候ふ

容赦なき凩一番　霜月の苦瓜《ゴーヤ》が揺れる窓に打たれて

ほんのすこうし当たつたときを考へる宝くじです。ハイ、ほとけさま

# 雨女

最終の新幹線にてかぶりつく衣の厚きヒレカツサンド

わたくしはどうしようもない雨女冬はふるさとに雪を降らせり

わが町に残りしたつた一本の煙突が消え銭湯が消え

銭湯の肌さす熱さに子は泣きぬわれも泣きたり髪洗ひつつ

ふるさとの葛草にて青空の志などつひぞ抱かず

# 肋骨

めでたくも後期高齢のわたくしの骨はかくかくぽりぽり折れる

肋骨は鳥籠にして折れたればわたしの鳥が逃げてゆきたり

一尾のみ勝手に泳ぐ金魚ゐても節分草は二月に咲きぬ

ふはふはのビニール袋がエアコンの風に流され蟹のごと這ふ

鉄錆びし線路に似合ふゐのこづちがもう吹かれるのはごめんと言ひぬ

## 文子さん

四十段の階段上り横断す　「文子さん。えらい。」と言ひて下りぬ

雨に烟る染井吉野を見上ぐれば幹くろぐろと花に迫り来

春荒れの積乱雲のもとにある山桜花撞木を持ちて

ふるさとの山のむかうにあるものは春りんだうの群咲く大地

## わが庭

嘴太の侵入者なり　わが家の嘴細ほとほとしぶとさに泣く

声のよき嘴太啼けばわが家の嘴細啼くをしばし潜める

やうやくに桜が咲けば寺まはり明るくなりて人ら見上げる

沿線の山の傾《なだ》りにほつほつと咲く山桜むかしのよしみ

著莪の花乱れて咲きしわが庭に嘴太去りて目白来たりぬ

## とりあへず

とりあへず二〇二〇年まで頑張らう海老根蘭咲く庭に佇み

ジョンウン氏に背負はれてゐる老兵士の心はなんぢやもんぢやの花と思ひぬ

発射場はトンチャンリ・プクチャン　かの国の地名と言へどどこかかはゆし
毎夜毎夜使ひし石鹼つひに月が透けて見えさうそれでも捨てず

## 完全骨折

うしみつに騒ぐ鴉のをちこちに意志あるごとく次第ひろごる

盤石であるべきはずの骨盤も折れてしまえばなす術もなし

二か月はなす術もなく過ごしたれば窓のむかうはもう夏もやう

ひびでもなく完全骨折と言はれたれば二本の杖にすがりて歩く

そりやあねえ骨折だつていろいろな場合があつてもとにかく痛い

## 本宮山

奥宮は本宮山とふ三河なる一の宮なり温泉も涌く

梅雨明はとうに過ぎたる葉月なれど本宮山のあたり暗雲

大杉の森林帯をすぎしころの御清水舎《おしみづしや》とふ涌き水うまし

生きものをゆつたり抱き今年はや葉月一日つくつくの鳴く

〈十二年ぶりにプラハへ行つた〉

限りなく橅の道見えこの水は日本にはない　小川の水だ

メインテナンス

昔インドへ旅立ちしこと思ふどうしてあんなことが出来たのだらう

中央アジアの地図を広げて眠りたり黒き砂漠が顔に落ちくる

夏と秋とせめぎあふ季《き》は心身のメインテナンスと医者通ひする

結局は呑みこめばいい　もふもふの固ゆで卵に顔をしかめて

さうだ。ボヘミアへ行かう　からす麦の風に触れたる音《ね》を思ひ出せ

## 「ゆにぞん」があった

中日新聞の文芸欄に「大波小波」という評論コラムがある。痛烈な辛口評論を毎回楽しみにしているが、先日最近上梓された歌集を通して短歌界を批判していた。「同慶の至り」と題されたコラムには「短歌人は、隣国にたとえ核戦争が起ころうとも、外国旅行や恋（不倫といっていたかもしれぬ）の歌を詠み続けるのか。ご同慶の至りだ。」という内容のものであった。かつてこの「大波小波」からお褒めのエールを授かった短歌誌があった。「通常の短歌誌は、ずらりと短歌が並ぶものだが、ここには評論に必要な短歌を除いて、短歌の羅列は見られない。珍しい短歌誌である。」これが「ゆにぞん」であった。

「ゆにぞん」とは、なんと快い響きの言葉であろう。その「ゆにぞん」が消えて久しい。忘れもしないが、小さな日本間に数人が集まり、あれこれタイトルの案を出し合ったが決定打は、簡単には放たれなかった。突然浜本芳子さんが、岡井隆先生の歌集名『斉唱』としたらどうだろう、といった直後のことだった。斉唱は、音楽用語では「ゆにぞん」なので、この方が響きが柔らかいうえ、どこかしゃれている、これはどうか、とすかさず浜本さんが言い直した。さすが音楽人の浜本さんと私は感心した。岡井先生も「うん、いいね。それにしよう。」という具合で、決定したのであった。最初のネーミングからして想像の通り、「ゆにぞん」は浜本さんの不断の努力と情熱の上に成り立っていたからこそ創刊でき、続きもしたのであった。「ゆにぞん」を語る時すべての時制が「あった」という過去完了で表現しなければならぬことは、正直いって淋しいが、これでよかったとも思わないではない。

「ゆにぞん」は、しかし忽然と現れた雑誌ではない。その以前には、「今橋」というNHK豊橋文化センターの短歌教室で自主発行された短歌誌があり、当然岡井短歌教室なるものがあった。これが「ゆにぞん」の原母体であった。

この教室はいま思うとユニークなもので、週一回の講義は当時医師としてお忙しかった先生には、かなり負担であったとみえ、「不本意ながら」が本意であったことはまちがいない。一方生徒ときたら、熱烈岡井ファンとおよそ短歌の「た」の字も知らぬ人たちの混成であったから、カオスとしかいいようはなかった。私は、後者に属していたので、この奇妙な雰囲気に圧倒されるばかりであった。

さらに遡れば、短歌とは縁のなかった私が、何故ということになる。偶然とはこういう時のために使われるのであろう。他の教室を申し込むため出かけたNHK豊橋文化センターの受付で、満員のため断られ、帰ろうとした時のことだ。「岡井短歌教室は後一人で締め切りです。」という声を聞き、ふと立ち止まった。「亡くなった母が言っていた人だ」と思った瞬間、「それお願いします。」と言ってしまった。その数年前亡くなった母は岡井先生が医長をしておられた病院に入院していた。ある日、母は昼休みで官舎へ帰られる先生方を五階の病室から見て、「あの先生が、岡井先生」といった。数年前から、短歌を始めた母は、いつもメモ用紙を枕元に置いては、歌詠みに勤しんでいたので、岡井先生を雲上人のように思っていた。数週間後、母はそこで鬼籍の人になってしまったので、私と短歌のかかわり合いは、あの受付の時までで途切れてしまったのだが、この不思議を思うと、人生ってなんと楽しいと思ってしまう。

「ゆにぞん」の話に戻るとしよう。ということで、「ゆにぞん」は、ほとんど素人の手になる雑誌であったが、岡井先生という最高の指南者があってのことで、発行されたことは間違いない。その後佐久間さんが加わりさらに発展するかにみえたが、いろいろな素因が重なり、現在に至っている。

第一に、われわれは、私事で余りにも忙しい年代に突入した。岡井先生が短歌の拠点を東京へ移された。体力的にも少々疲れた。(更年期障害をいかに乗り切るかに時を費やした)などなど主にこちらサイドの理由による。浜本さんにすべてのことをお願いしていたのも、配慮がたらなかったと、反省することばかりである。

幸い、東京のお若い皆様が、快く引き継いで下さる由、老兵なんとやらで、めでたく去る事ができそうだ。

皆様の息吹を感じる短歌誌にお目にかかれますのを楽しみにしています。

ご活躍をお祈りいたします。

# あとがき

第三歌集を上梓してより十年近く過ぎてしまいました。気がつけば、四人の子供達は中年組となり、孫達は四人の大学生と高校生、中学生となりました。

私どもと言えば傘寿と喜寿の後期高齢者です。この数年間は怪我に悩まされ仕事もままならず、少しづつ職を離れましたが、ＮＨＫ豊橋文化センターの短歌教室の講師は何とか勤め、同世代の生徒さん達と楽しく過ごしています。唯一の短歌に関わるひとときと言えるかもしれません。

この歌集は二〇〇七年より二〇一七年までをほぼ年代順に編集いたしました。

かつての「ゆにぞん」に載った小文をこの際メモリーとして追加させていただ

きました。
四十年ちかくお導きくださいました岡井隆先生、第一歌集よりお世話をおかけしました砂子屋書房田村雅之様にふかく深く感謝申し上げます。装幀の倉本修様ありがとうございました。

平成三十年三月二十六日　我が家の満開のしで辛夷を見上げつつ

竹内文子

午後四時の蟬

二〇一八年七月八日初版発行

著　者　竹内文子
愛知県豊橋市新本町二三（〒四四〇―〇八九二）

発行者　田村雅之

発行所　砂子屋書房
東京都千代田区内神田三―四―七（〒一〇一―〇〇四七）
電話　〇三―三二五六―四七〇八　振替　〇〇一三〇―二―九七六三一
URL http://www.sunagoya.com

組　版　はあどわあく

印　刷　長野印刷商工株式会社

製　本　渋谷文泉閣